スピカと恋するケーキ

作・中瀬理香

これは、ふしぎな種から生まれる小さな妖精、
フェアリルのお話。
このドアのむこうには、
フェアリルたちの世界が広がっているのです……

キャラクターしょうかい

リトルフェアリル 妖精の世界

トゥインクルフェアリル
流れ星をつくる妖精たち

スピカ
トゥインクルフェアリルの女の子。夢のために、いつもいっしょうけんめい。

すきなあそび　一番星ブランコ

ベガ
スピカの親友。おっとりしていてやさしい子。
すきなあそび　星うらない

プロキオン
いたずらずきで、とっても元気なおちょうしもの。
すきなあそび　流れ星レース

シリウス
4人のまとめ役。頭がよくてしっかりもの。
すきなあそび　天の川クルーズ

モグリル
モグラのフェアリル。ふだんは土の中で生活している。

きらら
ユニコーンのフェアリル。

ぽわわ
りっぷのペットのぽわぽわ犬。

フラワーフェアリル
りっぷ
チューリップのフェアリル。

レジェンドフェアリル

フェアリルゴール
リトルフェアリルを見まもる存在。すべてのフェアリルをまとめている。

> ビッグヒューマル
> 人間(にんげん)の世界(せかい)

めい
スピカが出会(であ)う人間(にんげん)の女(おんな)の子(こ)。パティシエになるのが夢(ゆめ)。家(いえ)は人気(にんき)のケーキやさん。

しゅん
めいのおさななじみの男(おとこ)の子(こ)。サッカーが大(だい)すき。

> ほかにも、いろんなフェアリルがいるよ♪

マーメイドフェアリル
バグズフェアリル
マッシュルームフェアリル
ベジフェアリル
ウェザーフェアリル
フルーツフェアリル
イケメンジョフェアリル
など

ジャン・天本(あまもと)
世界的(せかいてき)に有名(ゆうめい)なパティシエ。実(じつ)はひみつがあるみたい……？

おぼえてね♪ フェアリル用語(ようご)

フェアリル：ふしぎな種(たね)から生(う)まれる小(ちい)さな妖精(ようせい)。
リトルフェアリル：フェアリルのすむ世界(せかい)。
ヒューマル：人間(にんげん)のこと。
ビッグヒューマル：人間(にんげん)のすむ世界(せかい)。
フェアリルドア：いろんな世界(せかい)につながっているふしぎなドア。
フェアリルが魔法(まほう)をつかうときにもあらわれる。
フェアリルキー：フェアリルが生(う)まれたときからもっているカギ。
このフェアリルキーで、フェアリルドアをあけたり、魔法(まほう)をつかったりする。

フェアリルドア

フェアリルキー

　わたしはスピカ。トゥインクルフェアリルよ。
　フェアリルは、みんなのことばでいうと「妖精」みたいなものね。リトルフェアリルという世界にすんでいて、魔法がつかえるの。
　いろんな種族のフェアリルがいるけれど、トゥインクルフェアリルは夜空にかがやく流れ星をつくっているのよ。
　そして、いくつかのテストに合格すれば星座もつくれるようになるんだ！　フェアリルキーの魔法でえいっ！って合格できればいいんだけど、とくべつむ

ずかしいテストだから、もうたいへん。
　でもわたしの夢は、星座をつくってみんなを笑顔にすること。だから、がんばってるんだ！
　こまったときは、みんながすんでいる世界、ビッグヒューマルに出かけて、ヒューマル（人間とも言うわね）の女の子にもたすけてもらっているの。おかげで、今までのふたつのテストにはバッチリ合格できたわ。
　え？　フェアリルがそんなにかんたんにヒューマルの世界にいけるのかって？
　わたしたちのすんでいるリトルフェアリルと、みんなのすんでいるビッグヒューマルは、魔法のフェア

リルドアでつながっているの。

　ドアをフェアリルキーであけて、中にとびこめば、もうそこはビッグヒューマルよ。だから、みんなが思っているよりたくさんのフェアリルが、ビッグヒューマルに出かけたり、ヒューマルのすがたでくらしていたりするわ。

　ただ、ヒューマルの中にはフェアリルのことをしんじていない人もいるから、ふだんはすがたをかくしているのよ。

　明日はいよいよ3番目のテストの日。

　今までとは、ちょっとちがうテストになるって聞かされているわ。

　テストに無事、合格できますように。

　空の星に、おねがいしようっと。

　はあ……それでもやっぱりドキドキしちゃう。

　がんばるから、みんなもおうえん、よろしくね！

あたらしいテスト

　ここはリトルフェアリルの星くず工房。トゥインクルフェアリルたちが、流れ星をつくる場所です。
　工房の前を流れる天の川のほとりに、トゥインクルフェアリルのスピカとベガ、シリウスとプロキオンがあつまっています。
　今日は３番目のテストのかだいが発表される日。みんな、朝からそわそわとおちつかない気分です。

「みなさん、おまたせしました。さあ、今回のテストのかだいをもってきましたよ」
　フェアリルゴールがやってきてつげました。
　フェアリルゴールは、すべてのフェアリルをまとめる存在。今回のテストでもしんさいんをしてくれます。
　スピカたちは、フェアリルゴールの手にした紙を見つめました。ゴールがすんだ声で、その紙に書かれた文字を読みあげます。
「今回のテストは……ペアを組んだあいてがよろこぶ星を流すこと、です」
　スピカはとなりのベガと顔を見あわせました。

（ペアってことは、ここにいるだれかがあいてなの？）

そんなスピカの気もちがわかったかのように、フェアリルゴールが言いました。

「ペアは、ここにいないだれかと組むのですよ。ペアのあいては、ペアリル帽がきめてくれます」

そのとたん、みんなの前に大きなぼうしがあらわれました。

「このぼうしの中にひとりずつ手を入れると、ペアのあいてがきまります。さあ、だれがさいしょにやりますか？」

フェアリルゴールは、４人の顔を見わたしました。

みんな、なんとなくこわくなってしまい、首をすくめてじっとしています。

そんなみんなを見て、リーダーのシリウスが、「はい！」と、手をあげました。

シリウスは一歩、ペアリル帽に近づくと、そっとぼうしの中に手を入れます。

スピカたちは、ごくりとつばをのみこみ見つめます。

　そして、シリウスがぼうしから手を出したとたん……ぼん！　とユニコーンのきららがとびだしてきたではありませんか！
「え？　ええ？　えええ!?」
　スピカたちは、大きな声をあげてしまいました。
　フェアリルゴールが、ほほえんで教えてくれます。
「ペアリル帽は、リトルフェアリル中につながっているのです。あなたたちにぴったりのあいてを見つけだし、つれてきてくれるのですよ」

「うわあ！　魔法のぼうしだったのね！」
　スピカとベガは、とびあがってよろこびます。
　そのよこで、プロキオンがさっと手をあげました。
「じゃ、じゃあつぎはおれがやります！」
　プロキオンは思いっきりぼうしのおくに手をつっこみます。すると、まっ白なぽわぽわ犬のぽわわが「ぽわわ〜」とかわいい声でなきながら出てきました。
　3番目はベガです。ベガは、フラワーフェアリルのりっぷとペアになりました。
　さあ、いよいよスピカの番です。
　スピカはうきうきとペアリル帽に手を入れました。
（だれが出てきてくれるかな？　とっても楽しみ！）

ところが、スピカの手はペアリル帽の中で、すかすかっと空気をかきまわすばかり。
　あわててもっとおくまで手をのばすと、ようやくざらっとした毛にさわりました。
「ずいぶんみじかくてかたい毛……こんな子、リトルフェアリルにいたかなあ？」
　スピカは思いきり、その子の手を引っぱりました。
　でも、その子はなかなか出てきてくれません。
　スピカはぼうしに足をかけ、「うーん！」と力いっぱい引っぱりはじめました。みんなもスピカのうしろから、いっしょになって引っぱります。
　そしてとうとう、スポーン！と出てきたのは……。

「モグリルだったのですね。スピカのペアのあいては」
　フェアリルゴールがモグリルとよんだのは、みじかい茶色の毛におおわれた１ぴきのモグラの男の子でした。
「モグリルっていうの？　はじめまして！　わたし、スピカよ。あなたのために星を流すわ。よろしくね！」
　スピカはあくしゅをしようと手を出します。
　けれどモグリルは、顔をそむけて言いました。
「ふん！　星なんてきらいモグ」
「ええ？　星はほら、とってもすてきよ！」
　スピカがポケットに入れていた小さな星をとりだすと、モグリルはもっといやそうに顔をそむけます。
「そんなもの見たくないモグ！」
　そう言いはなつなり、地面にあなをほって、あっというまに、いなくなってしまいました。
「ええ!?　もどってきて、モグリル！」

スピカがあなによびかけますが、返事はありません。

　モグリルを、おこらせてしまったのでしょうか？

　スピカは、肩をおとしてうなだれてしまいました。

　（星がきらいな子なんてはじめて……それがテストの

ペアのあいてだなんて……でも……）

　スピカはさっと顔をあげ、元気よくさけびました。

「なんか……もえてきたあー！　つまり星ぎらいなモ

グリルが、すきになってくれる星を流せばいいのね！」

　スピカのひとみも、ことばのとおりキラキラともえ

ているように光ります。

　そんなスピカに、ベガがそっとたずねました。

「……でも、どうやって？」

「う……そ、それは……」

　スピカはことばをつまらせます。でもそのとき、星

が光るようにキラリンとアイデアがひらめきました。

「そうだ！　わたしビッグヒューマルにいってくる！」

　とつぜんのことに、みんなは目を丸くしています。

　スピカはいっしょうけんめいに説明します。

「前のふたつのテストのときも、ビッグヒューマルでたくさんのヒントをもらえたの。だから、今度もきっとヒントがつかめると思うの」
　そんなスピカのようすを見て、フェアリルゴールが言いました。
「わかりました。ヒューマルに見つからないように気をつけてくださいね」
「はい！」
　スピカは元気よく返事をすると、さっそく呪文をとなえ、魔法でフェアリルドアを出します。

「リルリルフェアリル♪　トゥインクルン♪ピカピカスピカ、ドアよひらけリル〜！」

「いってらっしゃい！」
「がんばれよ！」
　みんなの笑顔に見おくられ、スピカはフェアリルドアのむこうへとんでいきました。

あまいにおい

　スピカがフェアリルドアの光を通りぬけると、そこはもうビッグヒューマルでした。どうやら公園のようです。花だんには色とりどりの花がさいています。
「きれいなお花！　それにあまくていいにおい！」
　スピカは、においをかごうと花に近づきました。
「あれ？　さっきのあまいにおいとはちがうなあ……。じゃあ、あのにおいは、どこからくるんだろう？」
　スピカは鼻をひくひくさせて、風にはこばれてくるにおいをたどって、とんでいこうとしました。
　そのとたん、
「う、うひゃあ！　い、いひゃあい！」

スピカは、ベンチから立ちあがったヒューマルの女の子の背中に、鼻からぶつかってしまったのです。
（いっけなーい！　見つかっちゃう！）
　スピカはあわててベンチのうしろにかくれました。
「しゅん!!」
　女の子のよびかける声がします。
「なんだよ、めい。こんなとこで。何か用か？」
　今度は男の子の声です。
「う、うん。あのね、わたし……」
　女の子はそこでことばを切ると、だまってしまいました。
　スピカは、そっとベンチの背から顔を出しました。そこには、ヒューマルの女の子と男の子がむかいあって立っています。

めい、とよばれた女の子は、すこしほおを赤くしてだまったままです。何か言いたいことがあるのに、声が出てこないみたいに見えます。
　でも、しゅんという男の子は、そんなめいのようすには気がつきません。
「用がないなら、おれ、いくな」
　そうぶっきらぼうに言って、ちょうど通りかかった友だちのところにかけていこうとしました。
「ま……まって！」
　めいは、声をふりしぼって止めます。
　しゅんは、よくわからないといった顔で立ちどまりました。
「あ、あの！　……こ、これを！」

めいは背中にかくしもっていた箱をさしだします。

　そのとたん、ふわっとあまいにおいがただよってき
て、スピカは目を丸くしました。

（このにおい！　あの箱の中からしていたのね！）

　スピカは、ますます、ふたりから目がはなせなくな
りました。

「これ、何？」

　しゅんが、箱を見て、けげんそうにたずねます。

　めいは、花だんの花と同じくらい、ほおをまっかに
しながら、

「あ、あの……ケ……ケ……ッ」

「……ケ？」

　しゅんもスピカも、同時に首をかしげます。

　めいはまたことばが出てこなくなったようです。

　スピカまで、むねがドキドキして、くるしくなって
きます。

（まるで、めいちゃんのドキドキがうつったみたい！）

　そのとき、めいが思いきって箱のふたをあけました。

「ケーキなの! わたしがつくったんだ! よければ食べて!」
「ケーキ?」
(ケーキ!!)

　箱の中には、おいしそうなケーキが入っていました。白いクリームでたっぷりとデコレーションされ、色とりどりのフルーツがつやつやとかがやいています。
　あまいにおいがさっきよりも強くなり、スピカのおなかが、ぐ〜〜! と、大きな音を立てました。
(し、しー! わたしのおなか、しずかにして!)
　見つかることも心配ですが、それよりも今は、めいのじゃまをしたくないのです。
(だって、もしかして……もしかしなくても……!)
　めいはきっと、しゅんのことがすきなのでしょう。
　でもそれは、スピカがリトルフェアリルのみんなのことをすきな気もちとは、ちょっとちがって、きっと……たぶん……!
　そう考えただけで、ケーキよりあまいにおいがむね

にあふれます。

（うまくいくといいな！
めいちゃん、がんばって!!）

　ところが、しゅんはケーキをうけとりもせずに、こう言いました。

「いらない。おれ、ケーキは食わないから」

　そして、公園の時計を見あげると、

「じゃあな、これから練習なんだ」

と言うなり、めいを一度も見ないで、そのまま走っていってしまいます。

　めいは口を小さくあけたまま、すとんとベンチにすわって、じっとうごかなくなってしまいました。

　めいのまわりだけ、まるで時間が止まってしまったようです。スピカのむねも、ちくんといたみます。

　ちょうど、公園の時計が、３時をつげて鳴りだしました。

「もうこんな時間……帰らなくちゃ……」
　めいはそうつぶやくと、立ちあがりました。そしてベンチにケーキの箱をおいたまま帰っていきます。
　（え？　え！　わすれもの！　……それとも、もういらないのかな？）
　スピカは、箱に近よると、ふたを少しだけあけて、中をのぞきこみました。

おいしそうなにおいに、つばがこみあげてきてがまんができません。今朝は、テストのかだいが気になって、朝ごはんも食べられなかったのです。
　（いらないのなら、ちょっとだけ食べてもいいよね？）
　そう言いわけをして、スピカは箱の中にごそごそと入りこみました。目の前はもうクリームの山です。

「ちょっとだけ……ちょっとだけだから……」

　スピカは、ひかえめにクリームを一口なめました。

「おいしい！」

　まるで雲みたいにふんわりとしたクリームは、今まで食べたどんなおかしよりもあまくて、なめらかです。

　スピカはうっとり目をとじてあじわいます。

　そのときです。

　箱のふたがピタリととじて、がたごととゆれはじめたではありませんか。

「うわあ!? 　ひゃあ！」

　スピカは思いきり、ケーキに顔をつっこんでしまいました。もう顔中クリームでべたべたで、目もあけられません。

　箱がゆれつづけるので、フェアリルキーをとりだして、魔法できれいにすることもできません。

（どうしよう!? 　たいへん！ 　たいへん!!）

　スピカは心の中でさけびながら、何もできず、ただはこばれていきました。

「ただいまー!」
　めいの声がして、ドアベルの音も聞こえます。

　あまいケーキのにおいが、うんとこくなりました。
　箱の中で、スピカはやっと、手で顔のクリームをぬぐったところです。
　ふたをそっとおしあけて、すきまからのぞくと、そこ

はケーキやさんでした。
　ショーケースの中には、今まで見たこともないようなケーキが、いっぱいならんでいます。
「めい、おかえり。おやつ、部屋においてあるわよ」
　やさしそうな女の人が、いそがしくはたらきながら言いました。
「うん、わかった。ありがとう、ママ」
　めいが返事をしています。
　どうやらここは、めいの家のようです。
　店の中も、白とピンクで、まるでケーキのようにデ

コレーションされています。

（かわいいケーキやさん！）

　スピカは、クリームまみれなこともわすれて、すっかりうれしくなってしまいました。

　めいは、そのままかいだんをあがっていきます。

　そして、自分の部屋に入るなり、いきなり箱のふたをあけました。

（あ……）

　スピカとめいは、ばっちり見つめあってしまいます。

　スピカはケーキのことで頭がいっぱいで、ヒューマルに見つからないように魔法をかけるのを、わすれていたのです。

（あ、あの……えっと……）

　スピカがしどろもどろになっているうちに、めいはだまって箱をとじてしまいます。

（あれ？　クリームだらけで見えなかったのかな？）

　ところが、めいはもう一度ふたをあけて、まじまじとスピカを見つめました。

（ううん、ぜったいに見つかってる！）
　こうなったからには、にげられません。スピカは、ちょっと大きな声を出してみることにしました。
「こんにちは！　わたし、スピカ！」

めいの目がおどろきで見ひらかれます。

「え！　あ、あなただれ!?」

「フェアリルのスピカよ」

「ええっ!?　フェアリルってほんとうにいるの!?」

　めいが急にさけんだものだから、下の店からお母さんが声をかけました。

「めい？　どうしたの？」

「ううん、なんでもない！　だいじょうぶだから！」

「そう？　それならいいけど」

　お母さんは店にもどっていったようです。

「あーよかった。見つからなくて」

　めいは、むねに手をあててつぶやきます。

　スピカも、ほっとため息をつきました。

「うん、よかった。わたし、ほんとうはヒューマルに見つかっちゃいけないの。ごまかしてくれて、ありがとう、めいちゃん」

「どうしてわたしの名前を知ってるの？　それって魔法？　フェアリルは魔法がつかえるんだよね？」

めいは、しんけんな顔でスピカを見つめます。

「うん、魔法はつかえるけど、これは魔法じゃないよ。じつはさっき公園でね……」

「え！　公園？　ええぇ！　……まさか見てたの!?」

「う、うん……あ、でも、わざとじゃなくて、たまたまフェアリルドアから出てきたら……」

説明しているスピカの体を、めいはがしっとつかまえます。そして、こう言いました。

「フェアリルならおねがい！　わたしのねがいをかなえて！」

今度は、スピカがおどろく番です。いったいどんなねがいがあるのでしょう。

それにスピカは、モグリルに星をすきになってもらう方法をさがしに、ビッグヒューマルにやってきたのです。

「でも、わたし、ここでさがさなくちゃいけないことがあって……」

「おねがい！　どうしてもかなえたいねがいなの！」

めいはおがむように手をあわせます。
「それに、さっき見てたんでしょ？　その……わたしが、しゅんに……」
「えっと……告白？」
「ち、ちがうよ！　告白なんかじゃないけどっ！」
　めいは、顔の前で手をぶんぶんとよこにふります。

「……もしかして、おねがいって？」
「う……うん……」
　ハキハキと話すめいが、急に口ごもります。
　でも、心をきめたようにしっかりと言いました。
「わたし、しゅんにわたしがつくったケーキを食べて元気になってほしいの！」
　めいのひとみがキラキラとかがやいて、それが心からのねがいなのだと、スピカにはわかりました。
　スピカは、公園でいっしょうけんめいしゅんに話しかけていためいのすがたを思いだし、どうしても味方になってあげたくなりました。
「うん、わかったよ！　わたしでよければ、めいちゃんのねがいをかなえる、おてつだいをさせて！」

めいのねがい

　スピカとめいは、おやつのケーキを食べながら作戦を立てることにしました。
　スピカは、めいがかしてくれた、小さな人形用のフォークでいただきます。
「おいしい〜〜！」
　思いきりほおばったケーキの味は、まるで夢のおかしのようでした。
「わたしもいただきまーす」
　めいもケーキをほおばります。
　スピカは、あらためてめいにたずねました。
「しゅんくんはお友だちなの？」
「……しゅんは、おさななじみなの」
　家も近所で、小さいころからなかよくあそんでいたとくべつな友だちなのだ、とめいが話しだしました。

でも、最近しゅんは大すきなサッカーに夢中で、めいといっしょにあそぶことは、ほとんどなくなってしまったそうです。
「そうなんだ、ちょっとさびしいね」
「うん。でもわたしはサッカー選手になりたいっていう、しゅんの夢をおうえんしてるし、しゅんもわたしの夢をおうえんしてくれてるから……してくれていると思っていたから……だから……」
　だんだんと、めいの声が小さくなってしまいます。
「めいちゃんの夢ってなあに？」
　スピカは聞いてみました。
「わたしの夢はね！　パティシエになること！　おいしいケーキをつくってみんなを元気にしたいんだ！」
　めいのひとみがまたキラキラとかがやきます。

「だってね、小さいころからお父さんとお母さんのつくったケーキを食べると、いやなことがあってもいつも元気になれて、がんばろうって思えたから」

「ほんとだね！ おいしいケーキを食べると力がわいてくる気がする！」

にっこりわらったスピカに、めいもうれしそうです。

「そうでしょ？ ケーキには人を元気にする力があるんだよ」

そこまで聞いて、スピカはひらめきました。

「そっか！ だから、しゅんくんにも、ケーキをつくってあげたんだね！」

「うん！ でも……」

まどからふきこんだ風がカーテンをゆらしました。

めいの顔にカーテンのくらいかげがおちて、スピカは、あっと思いだします。

　そういえば、さっきしゅんは「いらない。おれ、ケーキは食わないから」なんて言って、めいのケーキをうけとろうともしなかったのです。

　ちょっといじわるなたいどです。

　でも、スピカがそう言うと、

「しゅんのことをわるく言わないで！」

と、めいは少しおこったようにこたえました。

「しゅんはむかしからやさしくて、友だち思いで、今は夢のために毎日サッカーをものすごくがんばっているんだから！」

　めいのひとみが、大すきなケーキのことを話すときのようにかがやきます。

「ケーキもしゅんくんも、大すきなんだね」

　スピカの一言に、めいはほおをそめると、小さくこくんとうなずきました。

　めいの気もちがつたわってきて、スピカのほおも、

ほわんとあつくなります。

「なんで、あなたまで赤くなるの!?」

　めいが、てれかくしに言って、スピカのほおを人さしゆびでそっとつつきました。

「だってえ！　それにわたしの名前は、あなたじゃなくて、スピカだよ、ス、ピ、カ！」

　もじもじしながらスピカが声をはりあげると、

「わかってるよ！　スピカ！　スピカ！　スピカ！」

　めいも、モジモジしながら、声をはりあげます。

　そのようすがおかしくて、スピカはふきだしてしまいました。

「わらうなんてひどーい！」

　そう言いながら、めいもわらいだします。

　スピカは、すっかりうれしくなって、めいのおでこに自分のおでこをこつんとぶつけました。

「もう友だちだね！」

「うん、わたしのひみつを知ってるのはスピカだけ」

　めいもうれしそうに、そうささやいてくれました。

　友だちなら、なおさらたすけてあげたくなってしまいます。
「よーし、わたしにまかせて！」
　すっかりやる気になったスピカは、うでを大きくふ

りあげました。
「じゃあまずは、しゅんくんがなんでケーキは食べない、なんて言ったのか考えよう！」
「うーん……前はよく、今スピカと食べてるみたいに、しゅんともいっしょにケーキを食べたんだけどな。いつのまにか、ケーキがきらいになっちゃったのかもしれないね……。それならしかたないね」

　明るく言おうとするめいですが、さびしい気もちがかくせません。
　スピカも、モグリルに「星なんてきらいモグ」と言われたとき、ショックだったことを思いだしました。
　もししかたがないことならば、どうやってテストに合格すればいいのでしょうか？
　きらいなものをすきにさせる方法なんて、見つけることができるでしょうか？

（このままじゃ、もしかするとテストに合格できない
かも……!?　そんなあ……！）

　これはスピカにとっても大ピンチです。

　すると、めいがぽつりとつぶやきました。

「でも、どうしてきらいになっちゃったのかな？」

「え？」

　スピカは、思わず聞きかえします。

「きらいになった理由があるはずでしょ？」

　めいはそうこたえると、パチンと手をたたきました。

「そうだ！　魔法でその理由を教えて！」

「そ、それが……魔法でだれかの心を読んじゃいけな
いの……。でも、そうだ！　いっしょにしらべること
ならできるよ！」

「しらべるんだ！」

　スピカの思いつきに、めいはうれしそうな声をあげ
ました。

「ケーキのレシピもね、一番おいしいレシピにするた
めに、いろいろしらべるんだよ！　わたし、そういう

の大すき！」
　めいは、すっかり元気をとりもどしたようです。
「それに、スピカとなら、しらべるのもきっと楽しいよね！　スピカがいてくれてよかった！」
　めいがよろこんでくれたので、スピカもがぜん元気になってきます。まるで、めいのことばがあまくておいしいケーキのようです。
「じゃあ、探偵みたいに、てってい的にしらべちゃお！」
　フェアリルキーをとりだすと、呪文をとなえます。
「リルリルフェアリル〜　探偵になるリル！」
　まばゆい魔法の光が、ふたりをつつみました。

名探偵! スピカとめい

　魔法の光がきえると、スピカとめいは、探偵のコスチュームを身につけていました。

　チェックのマントにハンチング帽をかぶり、スカートもふたりでおそろいです。くつもリボンのついたブーツにかわっています。
「かっこいい! まるで映画の名探偵みたい!」
　めいは、はじめての魔法での変身に大よろこびです。
「これならきっと、しゅ

んがケーキをきらいになった理由も、すぐにわかるね!」
　めいは、手をあげました。
「スピカも手をあげてみて」
「ん?　何?」
「ハイタッチだよ!　うれしいときはこうするの!」
　スピカがあげた手に、めいは自分の手をかるくパン

とあわせました。
　手がむずむずとあつく、スピカははしゃぎたい気もちになって、大きな声を出しました。
「じゃあ、さっそく出かけよう！」

　スピカとめいがやってきたのは、サッカー部が練習しているグラウンドです。
　ふたりは大きな木のみきにかくれて、こっそりようすを見まもります。
　同じユニフォームをきた男の子たちが大勢いて、だれがしゅんなのか、すぐにはわかりません。
　めいとスピカはとりだした双眼鏡で、ひとりひとりをチェックしはじめました。
「あ！　いた！」
　めいがゆびさす先に双眼鏡をむけると、そこには、

しんけんな顔でボールをおいかけるしゅんが見えました。
　しゅんは、友だちの間をぬって器用にボールをはこんでいくと、シュートをはなちます。ボールはみごとにゴールにつきささります。
「かっこいい！」

　スピカは思わず声をあげました。
　しゅんは、友だちとハイタッチして何か楽しげに話しています。
「あ！　ハイタッチっていうの、しゅんくんもしたね！　めいみたい！」
「うん、むかしからわたしたち、うれしいことがあるとハイタッチしてたんだ。くせになっちゃって」
　めいは、はにかんでしたを小さくぺろりと出しました。
　たしかに、シュートをきめたしゅんは、とてもうれしそうです。
　ただ、きょりがはなれているため、友だちと何を話しているのかは聞こえません。

「わたし、近くにいって聞いてくる! リルリルフェアリル〜 見えなくなるリル!」
　じれったくなったスピカは、めい以外には見えなくなる魔法をかけて、グラウンドにとびだしていきます。
　でもそこに、ヒュン! とうなりをあげて、ボールがとんできました。
「ひゃあ!?」
　スピカは、ひっしでゴールポストにしがみつきます。

そのとき！
　しゅんが「ちょっとまって！」と、友だちを止めると、ひとりゴールに近づいてくるではありませんか。
（え！　まさか、見えなくなる魔法がとけちゃったの!?）
　スピカが、どうしようかとまごついている間にも、しゅんはゴールポストに手をのばしてきます。
（もうだめー！　つかまっちゃう!?）
　スピカは目をぎゅっとつむり、小さくかたまってしまいました。
　ところが、しゅんのやさしい声が聞こえてきました。
「さあ、これでだいじょうぶ。にげて」
（……へ？）

　スピカは、思いきって、そっと片目をあけます。
　すると、しゅんはゴールポストに止まっていたちょ

うちょうを両手でそっとつつむようにおおい、空へとはなつところでした。

　とんでいくちょうちょうを見あげるしゅんのひとみに、やわらかい空の青がうつっています。
　スピカは、めいがしゅんをすきになった気もちがわかるような気がしました。
　そこに、あわててめいがやってきました。
「だいじょうぶ⁉」
　スピカは、まだ少しふるえていましたが、こくんとうなずくと、めいの手にしがみつきます。
　しゅんは、いきなりあらわれためいにおどろいて、きょとんと見つめています。
「めい！　何しにきたんだよ？」
「べ、べつに……」
「ふーん……」
　しゅんは、地面の小石をけとばしました。

　そこに、コーチもやってきました。
「しゅん、いつまで休んでるんだ。苦手なドリブルをこくふくしないと、レギュラーにはなれないぞ!」
「は、はい! じゃあな、めい」
　しゅんは、みじかく言って手をあげると、いそいで走っていってしまいます。
　そして、もうめいには見むきもしませんでした。

その帰り道。きたときとちがって、めいの足どりがおもい気がします。
　スピカも、めいの肩の上でしおれています。
「何もわからなかったね……ごめんね、めい。わたしがいきなりとびだしちゃったから……」
「ううん、しゅんが練習しているところ、ひさしぶりに見られたし。レギュラーになるためにがんばってるってわかったよ。スピカのおかげだね」
　めいはほほえむと、スピカの頭を人さしゆびでそっとなでてくれました。それだけで、しおれた気もちがみるみるしゃんとしてきます。
　スピカがめいを見あげると、さっきのしゅんのように、めいのひとみにも空の青がうつっています。
　しゅんとめいはよくにている、とスピカは思いました。ふたりとも、元気がいいだけではなく、やさしいところもそっくりです。
　スピカは、ますます、めいのケーキをしゅんにとどけたくなりました。

やがて、めいの家のケーキやさんが見えてきました。

ちょうど店から、ヒューマルの女の子が出てくるところです。

「あ、しゅんのお姉ちゃんのともみちゃんだ！」

スピカとめいは足を止めて、でんしんばしらのうしろからのぞいてみました。

ともみは、スキップしながら歩いていきます。

「ずいぶん楽しそう。どこにいくのかな？」

「あっちだと、家の方向だと思うけど……」

スピカとめいは小さな声でそうだんして、ともみのあとをおうことにしました。

まるでほんものの探偵のように、いけがきやかんばんにかくれ、こっそりついていきます。

すると、めいがはっと息をのみました。

「あれはケーキが４こ入る箱だよ！」

「かぞくのみんなで食べるのかな？」

ふたりはすいりをはたらかせます。

「そうかもね！　しゅんの家は４人かぞくだし、みん

なケーキが大すきだから」
「じゃあ……しゅんくんも食べるかもしれないね！」
　スピカは、そう思いついたら、もうたまりません。
「あのケーキをしゅんくんが食べるか、しらべよう！」
　とびたって、あとをつけていこうとします。
　めいは、あわててスピカのスカートをつまんで止めました。
「むりだよ。しゅんの家をのぞくなんてできないよ」
「わたしならできるよ！　めいは家でまってて！」
　スピカはフェアリルキーをふり、呪文をとなえます。
「リルリルフェアリル～　しゅんくんのところへ！」
　そして、あらわれたドアをあけると、おどろいているめいをのこして、光の中にとびこんでいきました。

なぞがわかった！

　スピカがドアをくぐってとびだしたのは、遊歩道にうえられた木の上でした。西の空に、オレンジ色の大きな夕日がおちていくのが見えます。
　あたりを見まわすと、ちょうど、サッカー帰りのしゅんと友だち数人が、歩いてくるところです。
　スピカは、見つからないようにいそいで魔法をかけます。そして、しゅんが通りかかるタイミングで「それ！」と、とびおりました。
　羽を細かくうごかして、しゅんが肩にかついだサッカーボールに、そっと着地します。
　そして、しゅんや友だちの会話に耳をすま

せました。
「そんなんじゃないよ。めいは家が近所で、親どうしもむかしから知ってるってだけだ」
　どうやら、しゅんはめいとのことを、からかわれているようです。
「だけど、ケーキとかいっしょに食うんだろ？　なかよしじゃん」
　友だちは、しゅんをからかいつづけます。なんだかちょっといやな感じです。
　スピカは、見えていないのをいいことに、友だちにむかって、あっかんべーをしました。
「ケーキなんて！　もう食ってないよ！」
　とうとう、しゅんが大きな声をあげました。
　すると、うしろから自転車でやってきたコーチが、こう話しかけました。
「しゅん、やくそくをまもってるようだな。かんしんかんしん」
　コーチは、うれしそうにうなずいています。

「つぎの試合でレギュラーになるためには、しっかりごはんを食べて、スタミナをつけることが必要だ。だからあまいものはがまんするってやくそくしたもんな」

　そう言って、はげますようにしゅんの肩に手をおきました。

「はい！」

　しゅんが元気よく返事をします。

「みんなも、たくさん食べて、レギュラーをめざすんだぞ」

　コーチは「気をつけて帰れよ」と言って手をふり、自転車でかどをまがっていきました。

　（えっと、じゃあ、ケーキを食べないのはしっかりごはんを食べるためで、それはつぎの試合でレギュラーになるためで……つまり、ケーキをきらいになったんじゃないってこと！？）

　スピカがそこまで考えたとき、

「じゃあ、また明日な！」

　しゅんは友だちとわかれ、家の中に入っていきます。

スピカはしゅんがケーキを食べるかどうか見とどけようと、いっしょに家に入っていきました。

「ただいまー」
　しゅんがリビングに声をかけると、ともみがちょうど、めいの家のケーキを箱からとりだしているところでした。
「おかえりー。しゅんも食べる？」
　しゅんはごくりとつばをのみました。
　でも「いい、いらない」と、にこりともせずに言うと、大きな足音を立ててかいだんをあがっていきます。
　その背中でボールとともにゆられながら、スピカははっきりと聞きました。しゅんのおなかが、ぐーっと鳴ったのを。

　部屋に入るとしゅんは、ボールをつくえにおいて、ベッドにあおむけにころがりました。

スピカは、まどわくにおりたち、しゅんのようすをうかがいます。
　すると、しゅんはこうつぶやいたのです。
「ああ、ケーキをすきなだけ食いたい。めいのケーキ、もらっときゃよかった」
「やっぱり！」
　思わず声が出てしまいます。
「ん？」
　しゅんは、まどをあけて外の音に耳をすませました。
「空耳かな」
　スピカは、しゅんがしめようとするまどのすきまをねらって、外へとびだしていきます。
「しゅんくんがケーキを食べない理由、わかっちゃった！　早くめいに教えてあげなくちゃ！」

スピカはフェアリルドアを通って、めいの部屋へもどりました。いきおいこんで、見てきたことをめいに報告します。
「じゃあ、コーチとやくそくしたの？　きちんと食事をするために、ケーキは食べないって！」
　めいの声がはずみます。

「そうみたい！　スタミナがつかないとレギュラーになれないからって言ってたよ」
「じゃあ、ケーキがきらいになったんじゃなくて……」
「今でも大すきだよ！　でもサッカーのために、がまんしてたんだよ！」
　スピカのことばに、めいの目になみだがうかびます。

「よかった！　ありがとう！　スピカのおかげだよ！」

　スピカはポケットから小さなハンカチをとりだしました。そして、とびあがると、めいの目からあふれそうになるなみだをふいてあげました。

「ふふ、ごめんね。ハンカチが、びしょびしょになっちゃうね」

　めいは、わらおうとしました。けれど、やっぱりはなのおくがツンとして、なみだがこみあげてきます。

「でも、それじゃあケーキは食べてもらえないよね……わたし、ケーキをつくることでしか、しゅんのことをおうえんできないのに……」

　スピカはポケットをさぐりましたが、もうハンカチはありません。

（どうしよう……えと……えっと……！）

　何かめいをなぐさめるものはないか、あたりを見まわすと、本だなにケーキの本がたくさんあります。

「そうだ！　さがせばきっと、おうえんするのにぴったりなケーキが見つかるよ！」

スピカは1さつを「うーん……よいしょっ!」と
ぬきだします。けれど、いきおいのあまりそのまま
本の下じきになってしまいました。
「スピカ！　だいじょうぶ!?」
　めいが、あわてて本をどけてくれます。
「う、うん……これくらいへいき……」
　ちょっとくらくらしながら、本の下から顔を出し
たスピカは、めくれたさいごのページを見て「あっ!」
と、大きな声をあげました。
　そこには、本の作者のパティシエの写真がのって
いました。
　そして、それは、スピカ
のとてもよく知ってい
る顔だったのです。

人気パティシエの正体

　つぎの日、スピカとめいは、本にのっていた人気パティシエ、ジャン・天本のケーキ教室へやってきました。うしろの入り口から、こっそり中をのぞきます。
　フランスのコンテストで、何度も優勝したジャンのケーキ教室は大人気。たくさんのヒューマルの前で、ジャンがケーキのしあげをしています。
　流れるようなかれいなパフォーマンスに、はくしゅがおこります。
「メルシーメルシー！」
　ジャンは、まるで舞台の上の役者のような身ぶりでフランス語であいさつしました。
「ほんとうにあの人のこと知ってるの？　わたしのあこがれのパティシエなのよ？」
「うん！　すごーくよく知ってるから、まかせて！」

スピカは不安そうなめいの肩に、ぴょんととびのります。
　そしてふたりは、ジャンがひとりになるのをまって教室に入っていきました。
「あの、わたし……」
　めいは、どう説明したらいいかこまって、口ごもってしまいます。するとジャンは、
「さっきからわかってましたよ。スピカ、でしょう？」
と、見えない魔法をかけているはずのスピカを、じっと見つめます。

「え……なんで……？見えてるの？」
　おどろくめいに、ジャンはおもしろそうにわらいかけ、ウインクをとばします。
「もちろん。ぼくもフェアリルですからね！」

「え……え～？　フェアリル……って、え～～!?」

　めいの口も目もぽかーんとまん丸になりました。

「スピカったら、だから知ってるって言ってたの？」

「うん！　おどろかそうと思ってだまってたんだ」

　スピカはいたずらっぽく、肩をすくめます。

　フェアリルの中には、大人になるとビッグヒューマルでくらすことをえらぶものもいます。ジャン・天本は、そのうちのひとりなのです。

「ほかには有名なサッカー選手や音楽家もいるの」

　その名前を教えると、めいの目は満月のように、もっと丸くなりました。

「みんな有名な人ばかり！　フェアリルってすごい！」

　スピカは、自分がほめられたようにうれしくなって、くるりと空中でちゅうがえりをしました。

　そして、めいの肩からおりると、ジャンにむかって言いました。

「こんにちは、ジャン。こちらは、友だちのヒューマルで、めいです」

めいも、ぺこりと頭をさげてあいさつをします。

スピカは、いきおいこんでつづけました。

「急にきたりして、ごめんなさい！　でも、とてもこまっていて。ジャンならきっと、めいをたすけられると思ったんです！」

「ぼくにかわいいマドモアゼルをたすけられるかな？」

ジャンが、めいをやさしく見つめます。

めいは思いきって言いました。

「あの！　ケーキのつくり方を教えてください！」

でも、すぐに言いなおします。

「あ！　っていうかケーキはつくれるんです。でも、どんなケーキにしたらいいかわからなくて……」

「どんなケーキにしたらいいか、わからない？」

ジャンはふしぎそうです。

めいとスピカは、今までのことを全部ジャンに話しました。でも、ジャンはあっさりと、

「それは、ぼくではたすけてあげられないな」

と、言うではありませんか。

「ケーキのつくり方なら、どんなむずかしいケーキでも教えてあげられる。でも、どんなケーキにするかは、きみの気もちがきめなくては」
　ジャンにそう言われて、めいは自分のむねに手をやりました。
「わたしの気もち?」
「そう。きみの気もち。リルリルフェアリル〜!」
　そう言うと、ジャンはパチンとゆびを鳴らしました。
　すると、テーブルにおかれたレシピ本がひとりでにめくれます。そして、そこにのっているケーキがつぎつぎに本からとびだしました。
「ぼくは食べてくれるすべての人に愛をとどけたい。

だから、ぼくのケーキを食べた人は、みんなぼくの愛であまーくうっとり。大せいこう！　でも、きみは？　きみはそのおさななじみに何をとどけたいの？」

「わたし……わたしは……」

　むねにもういちど手をあてて、めいははっきりと言いました。

「しゅんのサッカー選手になる夢をおうえんしたい。レギュラーにもなってほしい。そんな気もちをケーキにこめてとどけたいです！」

「ウィ!!　それでは、その気もちにぴったりなケーキを考えてみるんだ」

「えっと……」

　めいは、口ごもってしまいました。

「そんなにむずかしく考えないで。たとえば、元気

のない子に元気をとどけたいなら、ポップな７色の
シュークリームを！　音楽がすきな子のたんじょう日
には、かじるとおんぷがとびだすデコレーションケー
キを！」

　ジャンが、ふたたびゆびをならしました。すると、
言ったとおりのケーキがちゅうにあらわれます。

「さあ、きみはどんなケーキをつくるのかな？」

　めいは、うでぐみをして考えていましたが、「あっ」
と大きな声をあげて、こう言いました。

「そうだ！　わたし、食事と同じくらい体にいいケー
キにしたいです！　それならしゅんもよろこんで食べ
てくれると思うから」

「トレビアン！」

　ジャンがさけんだとたん、何もしないのに、色とり
どりのアイシングの花ふぶきが、頭上をまいます。

「わあ！　きれい！　それにあまーい！」

　スピカもめいも大よろこびです。

「さあて、ここからはぼくにもてつだわせてくれ」

ジャンが手をたたくと、材料と道具がたなからとびでてきます。
「ほんとうに？　ありがとうございます！」
　スピカとめいはお礼を言いました。
「お礼はいらないよ。スピカの友だちなら、ぼくにも友だちだからね」
　ジャンが、今度はなげキッスをしたものだから、めいもスピカも目がチカチカとします。
　ジャンはそんなふたりにおかまいなしに、呪文をとなえました。
「さあ、はじめるよ！　リルリルフェアリル〜！」
　とたん、めいもスピカもエプロンすがたに早がわり。いっせいにケーキづくりにとりかかります。

まず粉をふるいます。スピカはてつだおうとして、粉だらけになってしまいました。

バターをとかして、なめらかにするのは、めいの役目です。

生クリームをあわだてる力しごとは、ジャンがやってくれます。

「スポーツのあともさっぱり食べられるように、さとうは少なめにしよう」

と、味見をしながらふんわりとしたクリームをつくっていきます。

そしてめいが手にしたのは、にんじんとほうれん草。
「ケーキなのにやさい？」
「うん、体にいいケーキにしたいから。でも、どうすればケーキになるかな？」
「すりおろしてスポンジに入れよう！　粉とやさいのバランスに気をつけて」
　ジャンがアドバイスをしてくれます。
　めいが、楽しそうにやさいをすりおろしはじめました。

ジャンも、そのよこで、ゆでたほうれん草を細かくきざみます。
「やさいのにおいがきついとケーキらしくないからね」
　ジャンが、レモンをひとしずくしぼってくれました。

　オーブンの火かげんを見まもるのはスピカのしごとです。じゅうぶんにあつくしたオーブンで、いよいよスポンジをやきます。
　そして、やきあがるのをまつこと数十分。
　オレンジとグリーンのスポンジが、やきあがりました。

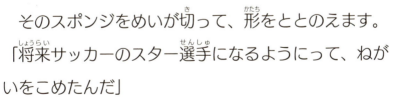

　そのスポンジをめいが切って、形をととのえます。
「将来サッカーのスター選手になるようにって、ねがいをこめたんだ」
「星の形だ！　わたしも星は大すき！」

そこに、クリームをぬってデコレーションをします。

さいごに、「ファイト！しゅん」とチョコレートでメッセージをかいたプレートをおけば、完成です。

「できた！」

　めいとスピカは、手をあげてハイタッチ！　タイミングもばっちりで、はずむようなパチンという音が、ケーキ教室にひびきます。

　ふたりの心の中には、ジュースのたんさんみたいに、うれしい気もちがシュワッとはじけます。

　やさいも入り、あまさもひかえめの、体にいいケーキです。

（でも、前にめいがつくっていたケーキのほうがかわいくて、もっとあまいにおいがしてたなあ……）

　スピカは少しだけ心配になってたずねました。

「めいは、ほんとうにこのケーキでいいの？」

けれど、めいは、まんぞくそうにこたえます。

「うん、このほうがいいの！　このケーキなら、しゅんがきっとよろこんでくれるはずだから」

スピカは、はっとしてめいの顔を見つめました。

教室の中に空はないのに、めいのひとみに青い色がうつって見えた気がしました。

しゅんのことを思う、めいのやさしい気もちが、ひとみに空をうつしたのでしょうか。

（そうだよね、あいてがよろこんでくれることを一番に考えて、形にすることができたなら……）

めいとケーキに夢中になって、しばらくわすれてしまっていたモグリルの顔が、とつぜん思いだされます。

スピカは、めいから、とてもだいじなことを教えてもらった気がしました。

思いよとどけ！

　スピカとめいは、ケーキの箱をかかえてさっそくしゅんのもとにむかいます。
「ケーキケーキ♪　星のケーキ♪　すてきなケーキ♪」
　スピカは歌いながらめいのまわりをとびまわります。めいの足どりも、その歌のリズムにあわせて、かるくとぶようです。
　ジャンといっしょにつくったケーキです。今度こそめいの気もちはしゅんにつたわることでしょう。
　そう思うと、スピカはうれしくてたまりません。
　ところが、めいは、サッカーグラウンドへ近づくと、ピタリと足を止めてしまいました。
「……どうしたの？」
「……むり！　やっぱりむりだよ！　またしゅんにことわられたらって思うと……むりー！」

めいはこわくてたまりません。今度ことわられたら、いっしょにケーキを食べた思い出も、パティシエになる夢も、こわれてしまいそうな気がするのです。
　スピカはおろおろしてしまいました。
（どうしよう！　こんなときはどうしたら!?）
　そのとき、むねにかけたスピカのフェアリルキーがキラリと光りました。
「そうだ、こんなときこそ！」
　スピカはキーをとりだし、呪文をとなえます。

「リルリルフェアリル♪　トゥインクルン♪
魔法のカフェで
ふたりのお茶会を
ひらくリル〜！」

　すると、ポン！　とあらわれた招待状に羽がはえて、パタパタと空をとんでいきます。

　めいは、そのゆくえを、小さく口をあけたまま見つめています。
　スピカは、めいのゆびをぎゅっとにぎりました。
「さあ、いこう！」
「え？　でも、どこへ？」
「フェアリルキーが教えてくれるよ！」
　スピカがジャンのようにウインクしました。
　フェアリルキーがふんわりとうかびあがります。
　ふたりは、フェアリルキーにみちびかれるまま、歩きだしました。

　その招待状はふんわりと、帰り道のしゅんのユニフォームから背中に入りこみました。そのとたん、
「あれ？　おれ、用事があった……ような気がする」

そう言うと、しゅんは友だちに「じゃあな」と手を
ふり、きた道を引きかえしはじめました。

「でも、用事ってなんだっけ……？」

自分でもよくわからず、首をひねりながら歩いてい
きます。

しゅんがやってきたのは、高台の見はらし台でした。

さくのむこうには、めいたちのすむ町が見えます。
しばふも広がっていて、小さいけれどきれいな場所で
す。あまり人もいなくて、とてもしずかです。

「へえ、こんなところ、あったんだ」

しゅんはあたりを見まわします。

すると、しばふのすみに、めいが立っていました。

「めい！　何やってんだ、こんなところで……ってお
れもだけど……」

「あの……」

めいは、言わなくちゃ、と勇気をふりしぼりました。

ところが、まるで、ことばが口の中でかたまってしまったみたいに出てきません。
　どんどんむねがくるしくなって、息もうまくできなくて、口だけがぱくぱくとあいたりとじたり。はずかしくてめいは体がかあっとあつくなるのを感じました。
　そのとき、スピカがめいの背中にトン！　とやさし

くふれました。

　すると、そこからすずやかな風がめいの体に広がって、めいはやっと声を出すことができたのです。

「よ……ようこそ、フェアリルカフェへ！　中へ……ど、どうぞ！」

　めいが大きく手でしめした先には、魔法のカフェがありました。

　まだとまどうしゅんの背中で、招待状の羽がパタパタとうごきます。

　そのうごきにおされるようにして、しゅんはカフェに足をふみいれました。

　丸太で組んだ山小屋ふうのカフェの中には、木もれ日のようなおだやかな光がさしこんでいます。森の中にいるような、木々のさわやかなかおりもしています。

「ここにこんなカフェ、あったんだ……」

　ふりかえったしゅんの目の前に、皿にのった星の形のケーキがありました。

「え、これって……」

「ケ……ケーキなの」

「これがケーキ？　よくできてんな」

　しゅんがほめてくれたので、めいはことばをつづけることができました。

「しゅんによろこんでほしくて、つくったの。レギュラーになれますように、サッカー選手になる夢がかないますようにって、ねがいながら……」

「そっか、ありがとな。でも、おれ、ケーキは……」

しゅんがことわりそうになるのを、めいはひっしにさえぎります。

「わかってる。レギュラーになるために、ケーキはがまんするって、コーチとやくそくしたんだよね？」

「え、なんでそれを？」

「でも、これは食事みたいに体にいいケーキなの！」

めいの手が小さくふるえだします。

ほんとうはもう、にげだしたいような気もちです。

「生地には、にんじんやほうれん草がたっぷり入ってるし、クリームのおさとうもひかえめにしてるから。だから……だから………」

めいは、それいじょう言えなくなって、ケーキの皿をぐっと前に出しました。

スピカはマグカップのうしろにかくれて、心の中で

エールをおくります。

（がんばって、めい！）

　そのとき、しゅんは、めいの手にばんそうこうがはられているのに気がつきました。

「……たいへんだったんだな」

　小さくそう言ったしゅんのひとみに、やさしい光がともりました。

「そっか！　めいはパティシエになるのが夢だもんな」

「おぼえていてくれたんだ！」

　めいはうれしくて、しゅんを見つめました。手のふるえは、いつのまにかおさまっています。

「まあな！」

　今度はしゅんのほおがかすかに赤くなります。

「なあ、食べてもいいか？」

「うん！」

　めいがうなずくなり、しゅんは皿におかれたフォークを手にして、ケーキを思いきりほおばりました。

「うわあ！　うめえ！　こんなの食べたことないよ！

なんだか元気がわいてくる気がする！」
「やったあ！」
　思わず声が出て、スピカはあっと口をおさえました。
「ん？　だれかいるのか？」
「え、だ、だれもいないけど？」
　めいが、マグカップの前に立ってごまかします。
「ふーん……まあ、いっか。なあ、今度、友だちみんなでお前んちの店にいってもいいか？　コーチも、これなら食べていいって言うと思うからさ！」
「うん、もちろんだよ！」
　めいとしゅんは、顔を見あわせて、同時に笑顔になりました。
　ふたりのひとみは、今は空ではなく、おたがいのすがたをうつしてかがやいています。
　しあわせそうなようすに、スピカも、むねがほんわかとあたたかくなってきます。
（よかった！　こんなふうに、

わたしもモグリルとわらいあいたいな)

　ケーキをたいらげていくしゅんのよこで、めいは、そっとスピカをふりかえります。

　そして、小さくピースサインをしました。

　スピカも、そっとピースサインをかえすと、まどから外に出ました。

　フェアリルキーをふってこう呪文をとなえます。

「リルリルフェアリル〜　モグリルのいる場所へ！」

モグリルの森

　スピカがフェアリルドアからとびだすと、そこはふかい森の中でした。あたりはすっかりくらくなっていて、ようすがよくわかりません。
　スピカは、魔法でランタンをとりだすと、中にポケットから出した星を入れました。
　それだけで、ずいぶん、あたりが明るくなります。
「モグリル？　いるの？　モグリル？」
　スピカは、あちこちに星ランタンをかざし、よびかけます。
　すると、大きな木のねもとにほられたあなの中から声がしてきました。

「何の用モグ？」

「モグリル！」

　スピカはランタンに、ハンカチでおおいをかけます。前に会ったとき、スピカが星をとりだすと、モグリルがまぶしそうに顔をそむけたことを思いだしたのです。そして、もう一度、よびかけました。

「もうまぶしくないから、出てきて。スピカよ」

　あなからモグリルが目だけを出しました。スピカをにらみつけているようです。

「星はきらいモグ」

　それだけ言うと、またあなの中に入ろうとします。

「まって！」

　スピカは、モグリルのあなの前にすわりました。

「ごめんね、モグリル。この間は、急に星を見せたりして」

　モグリルは目をぱちくりさせると、おこった顔をしたのが気まずくなったのか、顔をそむけます。

　そしてスピカのよこに、しぶしぶこしかけました。

スピカはめいのことを思いだし、心をこめて話しつづけます。

「わたし、自分が星が大すきだから、きっとみんなも星がすきにきまっている。だってこんなにピカピカきれいなんだものって、思ってたの」

　モグリルは、少しうつむいたままじっとしています。耳のあたりがピクピクとうごいているのを見ると、聞いてくれてはいるようです。

　スピカは、勇気を出して、話しつづけました。

「だからモグリルが、星がきらいだって言ったとき、おどろいて、何も言えなくなっちゃった。あのとき、どうして？　ってちゃんと聞けばよかったのに」

　モグリルはまだだまっています。

「だから、今日は、モグリルが星をきらいな理由を聞きにきたの。どんな流れ星ならよろこんでくれるか、ちゃんと考えたいから！」

　スピカは、そこまで言うと、じっとモグリルの返事をまちました。

　やがて、モグリルがうつむいたまま、ぼそっと言いました。

「キラキラはきらいモグ」

「キラキラ、はきらい」

　スピカは、ポケットから手帳を出すと、メモをとります。

「ピカピカもきらいモグ」

「ピカピカもダメ」

　メモをかきこむスピカです。

「……ほんとうにそんな星でいいモグ？」

「ほんとうにそんな星でいい……」

そのままメモにかきそうになり、「え?」と、スピカは顔をあげました。

　モグリルは、いつのまにか顔をあげて、スピカを見つめています。

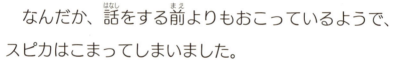

「そんなの星じゃないモグ!星はピカピカキラキラ光らなきゃ星じゃないモグ!」

　なんだか、話をする前よりもおこっているようで、スピカはこまってしまいました。

　でも、今日のスピカは心にきめてきたのです。ペアのあいてがよろこぶ流れ星をつくるんだって。

　スピカは、その気もちをモグリルにつたえます。

「だけど、モグリルのよろこぶ流れ星をつくりたいの」

「テストのためモグか?」

「ううん、それだけじゃないよ」

　めいを思いだして、スピカは自分の気もちをありのままに話します。

「モグリルにも星をすきになってほしいの！　みんなのよろこぶ星をつくるのが、わたしの夢だから！」

スピカは空を見あげました。

森の木々にかくれてはいますが、空には今もたくさんの星がまたたいているはずです。

スピカのひとみに、見えないはずの星がうつって、キラキラとかがやきます。

じっとスピカの顔を見ていたモグリルでしたが、ぽつりと一言つぶやきました。

「星、きらいじゃないモグ」

「えっ？」

スピカは思わず聞きかえします。

「キラキラするものはすきモグ。でも、まぶしいからちゃんと見られないモグ……。それがさびしくて……きらいなんだって自分に言いきかせてがまんしていたモグ……」

「じゃあ、ほんとうはすきなの!?」

モグリルの前にぐっと身をのりだしたスピカに、モグリルは、こくんとうなずきました。

「で、でも、まぶしいものはあまり近くでは見られないモグ！　だから、ぼくなんかとペアになってもテストには合格できないモグ……」

モグリルは、しゅんとしてうなだれてしまいます。

「だいじょうぶ！　わたし、モグリルのためにまぶしくない流れ星をつくるから。だから、このままペアでいてくれる？」

スピカは、おずおずとたずねます。

モグリルは、おどろいて聞きかえしました。

「こんなぼくとペアでもいいモグか？」

「うん！　もちろん！　モグリルはだいじなわたしのペアのあいてだよ！　それに……テストがおわっても友だちでいたいな」

モグリルは、まぶしくもないのにやたらとまばたきをしました。そして、「友だち……」と、何度も口にしてかみしめているようでした。

テストの結果は……？

　今日はテストの日です。
　流れ星を流す天の川のほとりに、またみんながあつまっています。
　フェアリルゴールが見まもる中、まずはベガが自分の星を流しました。
　いつもよりちょっぴりはでな、ピンクの流れ星が、チューリップの花のように、パッと明るくさきました。ペアのりっぷは大よろこびでベガにだきつきます。
　シリウスは、走るのがすきなきららのためにと、とびはねてさいごには大きくジャンプする星を流しました。きららもよろこんで、4本の足でリズミカルにステップをふみます。
　プロキオンは、ぽわわのために、大好物のふわふわモチモチとしたマシュマロのような星を流しました。

「ぽわ～！　ぽわわ～ん！」
　ぽわわが、マシュマロの流れ星をおいかけて、天の川にとびこみそうになるのを、あわててりっぷがだきとめます。
「ぽわわ！　あれは星だから、食べられないんだよ！」
　みんなは、思わずわらいだしてしまいました。
　フェアリルゴールが、3人とそれぞれのペアの首に、合格のメダルをかけてくれます。
　そして、いよいよ、スピカの番がやってきました。
　となりには、サングラスをかけたモグリルがいます。

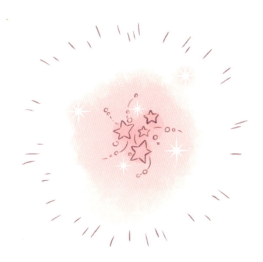

　スピカは、そっと星を流しはじめました。
　その流れ星は、とてもたくさんの小さな星のあつまりです。
　いつものスピカの流れ星のように、はでにピカピカとかがやいたりはせず、しずかに流れていきます。
「地味な流れ星だな！　あれで合格できるのか？」
　プロキオンが小声でシリウスをつつきました。
　ベガもまゆをくもらせて、スピカの流れ星を見つめます。
　モグリルも思わずサングラスをはずしました。
　スピカの星ぼしはすーっと流れながら、少しずつ明るさをましていきます。そして、とてもあたたかいほ

わっとした色でただよっています。

　フェアリルゴールが、スピカにといかけます。

「これは、どういう流れ星ですか？」

「モグリルが見てもまぶしくない流れ星にしました。
それから、星だけじゃなく、やっぱり見たことのない
お日さまを想像できるようにって思いました」

　しっかりとこたえるスピカです。

「ほんとうにお日さまっぽいな！」

　プロキオンやみんなもかんしんしています。

　ところが、かんじんのモグリルは、

「これがお日さまモグ？　はじめて見るモグ……」

　そう言いながら、なぜかまたサングラスをかけてし
まいます。

「どうして？　まぶしくて見られなかったの!?」

　スピカは、びっくりして聞きました。

　これでもまだ星が明るすぎて、モグリルの目がいた
くなってしまったのでしょうか？

「いたいなら、天の川の水で、すぐに目をあらわなくっ

ちゃ……！」
　手で川の水をすくおうとするスピカを、モグリルが止めました。
「目はぜんぜんいたくないモグ」
「え……でも、じゃあ、どうしてサングラスを？」
　モグリルは、はずかしそうに小さい声で言いました。
「ないているところを見られたくないモグ……」
　まだとまどっているスピカを見て、フェアリルゴールがこうつけたしてくれました。
「モグリルはそれほどうれしかったのですね」
「え、それじゃあ！」
　フェアリルゴールは、うなずきながらスピカにほほえみかけます。
「合格ですよ。スピカ」
　そして、スピカとモグリルの首にも合格のメダルをかけてくれます。
「やったー！」

大よろこびのスピカは、モグリルの手をとって、くるくるとまわりだしました。
「目が、目が……まぶしくないけどまわるモグー！」
「わ、わたしも……」
　目をまわしてよろよろとたおれるふたりに、みんな

のわらいがはじけます。
　空には、みんなの流した流れ星がそれぞれにチカチカとかがやいて、まるで流れ星もわらっているような夜でした。

めい & スピカの パティシエ入門

めいの夢である「パティシエ」について、しらべてみたよ！

パティシエって？

ケーキやチョコレート、クッキーなどの洋菓子をつくるしごとだよ。生地をつくる、オーブンでやく、かざりつけるなどたくさんの作業があるの。あたらしいおかしを考えたり、お店でおかしをきれいにならべたりするのも、しごとのひとつ。女の人のことは、パティシエールとよぶこともあるよ。

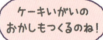

ケーキいがいの
おかしもつくるのね！

パティシエになるには？

せんもんの学校で学んでから、ケーキやさんやホテル、レストラン、おかしメーカーなどではたらく人が多いよ。いろんなおかしを、いつでもおいしくつくれるようになるためには、たくさんの経験が必要なの！

たくさん練習して、
がんばろうっと！

あなたにぴったりな男の子のタイプを、探偵スピカがさぐっちゃう！スタートからじゅんばんにえらんで、すすんでね！

スタート

すきな人ができたら、どうする？
- Ⓐ 話しかける！
- Ⓑ 手紙をかく

どちらの服をきたい？
- Ⓐ ハートのワンピース
- Ⓑ 星がらショートパンツ

友だちになるならどちら？
- Ⓐ りっぷ
- Ⓑ ベガ

どちらにいきたい？
- Ⓐ 公園
- Ⓑ ゆうえんち

あこがれるのはどちら？
- Ⓐ アイドル
- Ⓑ デザイナー

どちらをのみたい？
- Ⓐ いちごシェイク
- Ⓑ レモネード

もしも魔法がつかえたら？
- Ⓐ 動物とおしゃべり
- Ⓑ フェアリルに変身！

フェアリルとあそぶなら？
- Ⓐ わた雲トランポリン
- Ⓑ 星空ぬりえ

ほんわかいやし系の男の子

明るくておもしろい男の子

スポーツがとくいな男の子

かしこくてクールな男の子

思いがとどく!? ラッキーアイテム

ぬいぐるみ　　リボン　　ハンカチ　　ネックレス

❀ 作　中瀬理香 ❀

東京都生まれ、東京都在住。一般企業で働きながらシナリオスクールに通い、実写ドラマで脚本家デビューした。代表作にアニメ「ブリーチ」、「とっとこハム太郎」、「ふたつのスピカ」、「リルリルフェアリル」など多数。趣味は、映画や宝塚歌劇を鑑賞すること。

❀ 絵　瀬谷 愛（株式会社サンリオ）❀

東京都在住。多摩美術大学グラフィックデザイン学科卒業。2008年株式会社サンリオに入社、キャラクター制作部にデザイナーとして勤務。代表キャラクターにKIRIMIちゃん.、リルリルフェアリル。アニメ「リルリルフェアリル」のオリジナルキャラクターを担当している。

Special Thanks ☆ 宮崎奈緒子（株式会社セガトイズ）

リルリルフェアリル❸
リルリルフェアリル　トゥインクル
スピカと恋するケーキ

2018年 7月　第 1 刷

作 ★ 中瀬理香
絵 ★ 瀬谷 愛（株式会社サンリオ）
発行者 ★ 長谷川 均
編　集 ★ 上野萌　富川いず美
デザイン ★ 岩田里香（ポプラ社）
発行所 ★ 株式会社ポプラ社
　　　　〒160-8565　東京都新宿区大京町22-1
電　話 ★（編集）03-3357-2216　（営業）03-3357-2212
ホームページ ★ www.poplar.co.jp
印　刷 ★ 共同印刷株式会社
製　本 ★ 株式会社若林製本工場

写真提供 ★ 株式会社シャトレーゼ、Fotolia
キャラクター著作 ★ （株）サンリオ
FOR SALE IN JAPAN ONLY　販売地域：日本限定
©2015, 2018 SANRIO/SEGA TOYS　S·S/RFPC Printed in Japan
ISBN978-4-591-15907-1　N.D.C.913　111p　21cm

落丁本・乱丁本は送料小社負担にてお取り替えいたします。小社製作部宛にご連絡下さい。
電話0120-666-553　受付時間は月～金曜日、9:00～17:00（祝日・休日は除く）

本書のコピー、スキャン、デジタル化等の無断複製は著作権法上での例外を除き禁じられています。
本書を代行業者等の第三者に依頼してスキャンやデジタル化することは、たとえ個人や家庭内での利用であっても著作権法上認められておりません。